KB042093

천년의 시 0155

# 나의 라디오

**천년의시 0155**

# 나의 라디오

**1판 1쇄 펴낸날** 2024년 3월 8일
**지은이** 최영정
**펴낸이** 이재무
**기획위원** 김춘식, 유성호, 이형권, 임지연, 차성환, 홍용희
**책임편집** 박예솔
**편집디자인** 민성돈, 김지웅, 정영아
**펴낸곳** (주)천년의시작
**등록번호** 제301-2012-033호
**등록일자** 2006년 1월 10일
**주소** (03132) 서울시 종로구 삼일대로32길 36 운현신화타워 502호
**전화** 02-723-8668
**팩스** 02-723-8630
**블로그** blog.naver.com/poemsijak
**이메일** poemsijak@hanmail.net

최영정ⓒ, 2024, printed in Seoul, Korea

ISBN 978-89-6021-757-7
      978-89-6021-105-6 04810(세트)

**값** 11,000원

# 나의 라디오

최 영 정   시 집

천년의 시작

시인의 말


시란 찬란한 아침
오후, 저녁, 그리고 새벽
나의 마음에 찾아왔던
차갑고
때론 뜨거웠던
언어의 온도

# 차 례

시인의 말

## 제1부

## 제2부

제3부

## 제4부

**해 설**

제1부

# 봄비

내가 바닥일 때
내 옆에 함께 누워
많은 계절의 대지가 되어 준
그대란 이름

내가 호명하지 못한
사람들의 이름이
자꾸만 벚꽃이 되어 흩날리는
눈 부신 밤

봄비 툭 하고
우산 위로 터지는
그 잔잔하게
적시는 두근거림

짧은
그 울음

# 벗어 둔 고래

밤새 헛기침하는 저 구두
신발장에서 꺼내 한 손에 낀 채 닦아 내다가
밑창에
작게 뚫린 고래의 숨구멍을 보았다

비가 올 때마다
얼마나 많은 가느다란 물줄기가
컴컴한 동굴 같은
저 안에서 솟구치고 솟구쳤을까

내 마음이 내딛는 자리마다
생겨나는 커다란 물웅덩이에
빠진다

정년 퇴임 후 아버지가 가지런히 벗어 둔
저 구두는
숨 쉬러 물 밖으로 가끔 뜬소문처럼 올라온다는
고래들처럼
요즘엔
경조사 빼곤 좀처럼 밖을 나서는 법이 없다

\>

다시 마른

헝겊만으로 구두를 닦고 또 문지르는데도

무슨 일인지

자꾸만 눈부신 물광이

구두에서 난다

# 매미가 운다

나무를 오르는 게
그 한 뼘의 높이가
하늘인 매미

수년간
땅속부터 사랑을
다져 온
저 매미는 안다

내 울음이
누군가에게 허물이 아닌
주소가 되고

못다 전한 편지가 될 때가
있다는 사실을

순식간에
날아가 누군가의
사랑이 되어도
되지만

\>

누군가

내 꽃그늘을 찾아내

나를 다시 발견해

주는 일

그게 여름보다

앞서 걷는

매미의 사랑이다

# 하늘이 무너졌다

사방이
뚫린 공간이지만

가슴 치며 소리를 쳐도
벗어날 수 없고

하늘만 또다시
가까워져
온다

하늘은
어떤 공간이기에

아무것도 세워 둘 수도
걸어 둘 수도 없다

떠나가는 이름은
더욱
붙잡지 못한다

# 끝물

끝에도, 물이 든다는 것
신기하다
우린 그 길의 끝에 서 보면 안다

그 빛깔이 참 곱다는 것을
그렇게 타들어 갈 듯,

그러다 이내 식어 버린
사랑이란 것도 그래서
잊기 쉽다, 아니 잃기 쉽다

어디로 나아가는 것인지 뜻 모를
물음 하나

물고기 되어, 흙탕물에서 노는 것

그러다 그 물이 온통 소멸되어
밤이 가만히 온다는 것

# 사는 게 온통 소나기일 때

사라지는 날까지
또는 사는 날까지
그렇게 살아남아 보다가

당신, 살 내음 나던
그 밤이
날 살게 했던
그 계절과 계절의 음표로
별이 풍덩
발 담그던 그때

때론 당신의 검은 눈동자가
피아노 검은건반 같을 때

때론 당신의 흰 눈동자가
피아노 흰건반 같을 때

내가 웃고 웃던 모든 목소리가
당신인 게 참
예쁘다고 여길 때

&gt;
하나 된 웃음으로
한바탕 비를 퍼붓고
한 계절

그렇게 얼룩져도 이내
그러다 다시
흙으로 지워져도

밤하늘이 온통 어둠이어도
괜찮겠다

# 웃는 얼굴

나에게서 힘껏 달아나고 싶어
너를 안고서, 밤의 담벼락마다
고양이 귀를 그려 넣었지

소주잔에 사막을 따라서
발자국을 숨기고 싶었는지 몰라

다만, 내가 힘껏 사랑했던 것들에게
아직 눈을 그려 주는 법을
배우지 못했어

목소리가 없는 어둠에게
난 숨기고 있지
사실 난 여기에 없고
이미 오래전, 죽은 것들이 아름다워

꽃이 계단을 내려오고 있고
봄은 나비와 나비 사이에서 길을 잃고
난 여기에 없고
넌 여기에 없는데

우리가 있어

그리움이
돌탑처럼 가지런하게
치열이 고른 그런 웃는 골목

# 우린, 모두 거미들

값어치 없는 공중에, 방 한 칸씩
넓혀 가며
사는 우린 모두 거미들

거미줄에, 걸린 것이
사실 스스로인 줄도 모른 채 여태껏
살아왔다

질긴 인연
그리고 허공에 못 박아 둔 것들

그 이름을 더는
제대로 호명하지 못한다

도무지
무엇으로도 채워질 수 없는 허기

떠난 이름과
그 남은 이름

>
억지로 삼켜
배고픔을 잊었던 나날

지나 보니, 모든 것이
허공을 지나온 것이었고

가슴 치게 두근거리던
그때가 위태로웠다

# 하늘여인숙

서울 하늘 이제는 몇 남지 않은 투숙객들
서서히, 신발장 앞에 웅크린 채 하루를 동여맸던 끈 풀자
상처 많은 맨발 그래 너는 참 눈부시다 아름답다

세상을 읽는 네 여전히 서툰 별들의 밝은 몸짓,
그 춤사위, 무엇도 덧댈 수 없이 허물어진 밤하늘의 벽지에는
어둠이, 그리고 침묵이 절반이다

이윽고, 별들이 서로의 틈만큼 가까워지기 위해
입김 뿜으며
반짝일 때마다 애처로움이 들썩일 때마다 밤의 피부색은
점차 폐병 앓는 광부보다 짙어진다

빈 소주병이 문패가 된 하늘여인숙
발걸음이 주소다

몸의 둘레만큼 기대어 울 수 있는 곳
손 닿을 수 없다
별들이 오늘도 붉은 벽돌 같은 한숨
등에 지고 촘촘히 귀가한다
아직도 빈방이 많다

# 바다 소각장

홀로 강릉 밤바다를
보러 간 뒤 알았다

밤바다는 사실
보러 가는 게
아니라 듣기 위해
가는 것

한 치 앞도 보이지 않는
저 캄캄한 곳에

눈물이 앞서 걷던
그 모든 발자국

남김없이
소각하고
뒤돌아서는 것이란
사실을

바다 소각장에는
버리지 못할 것이 없다

# 호우주의보

대학교 졸업이 다가오자
연이은 저기압에 강의실엔 호우주의보가 발령됐다

우산 밑의 그늘처럼
바깥세상보다,
한층 더 빛바래진 표정이 되어
우린 책장을 넘겼고

굳이 발설하지 않았지만, 서로의
황폐한 구름이 드리워진 눈에선 날씨가
누설되곤 했다

강의실 밖의 강의실에서
밀린 학비가
계산서에 찍혀 나올 때마다,

우린 자주 테이블에 물방울로 웅크린 채 둘러앉아
누가 치웠는지 모르는

길고양이 사체를 보며 선배들을 떠올렸고,

늘 공공연한 비밀은 출렁이는 술잔에 오고 갔다

담 너머를 훔쳐보던
내 마음의 눈

브래지어 하나를 슬쩍 훔쳐 나왔다
철렁 내려앉은 가슴으로 거리를 걸었다
그림자가 나보다 빗속을 빨리 걸었다

# 수의

해 두면 오래 산다는 말
미리 지어 둔 수의,
웃돈까지 주며 맞춘 것 치곤 너무 볼품이 없다
헐벗은 것보다
그나마 조금 나은 가벼움마저 없다면,
빨래 걱정 덜어 내 줄
욕심 없는
저 누런 빛깔이 아니라면,
무르자고 성화라도 낼 판인데
시골에 둔 누렁이 쓸어 주듯 곱다
참 곱다 하신다
일평생 자식 뒷바라지만 알고
까막눈이 된 게,
이제 막,
새 옷 한 벌 얻어 입는 게
저토록 신명이 나는 일인 것일까
이젠, 먹지 않아도 배부를 것 같다
하시더니
밑이 트인 자루처럼 먹은 걸
자꾸만,

도로 게워 내신다

내 등에 업힌,

수의 한 벌

벌레 먹은 사과보다 가볍다

# 대설특보

제설차 한 대 올 리 없는
맨 꼭대기 층 강의실에, 우린 철새처럼 앉아
길을 물어 보곤 했다

점자를 싫어 내듯 취업 공고문을 손 짚어 읽다 보면
자주 길에서 길을 잃어버렸다

그럴 때마다
간판도 없는 술집에 앉아
눈발이 거세지는 서로의 눈을 닦아 주거나
촛불이 되어 대신 울어 주며

발치를 할 수 없는 희망을
계산서에 빼곡하게 부적처럼 적어 두곤 했다

취할수록 편안해지는
거짓말이 늘수록 새하얀 세상

자취방에 앉아,
바라본 창밖의 검은 하늘

&gt;

밤이

별의 관절 속에 못을 박고 있다

# 이별의 마중

현수막에 이별이
마중을 나와 있다

몇 달 전
붙인 현수막

햇빛이 가장 많이
맞닿은
추억이 환한 자리부터
삭아 버렸다

바람이 불 때마다
몸부림치더니

이내
촘촘하게 같이 누비며 지나온
시절을 찢고
끝나 버렸다

유난히 빛나던 너의 이름이,

내 자랑이며,
전부였던 때도
있었다

# 입 속의 말발굽

익숙한 발음에서 길을
잃고 헤맨다

그간 무수한 말을 내뱉어 가며
앞만 보고 달려온

마구간 같은 입 안, 위아래
서로의 굽에 치여 상한 내 치아

불안한 내 마음의
고삐를 쥔 채, 자리에 눕힌
의사는

썩고 닳아진 굽 하나
깎고 갈아 낸 뒤
말에 편자를 박아 넣듯,
쇠붙이를 박는다

이제, 다 됐다며
내게 치아를 부딪쳐

소리를 내어 보라고 한다

딱 딱 딱 입 속에서 말발굽
소리가 들린다

# 따뜻한 얼룩

매미 허물처럼
한자리를
잠시 붙든 채

짧게 울었던 얼룩 한 점
하늘로 갔다

너는
허물 하나 벗어 두고
간 일 뿐인데

잠시 살았던 그 헛간 하나
두고 간 것인데

뜨거운 울음
사람들 숲 사이로 달려가

귀 뜨겁게
요란하게 울음이 번진다

&gt;

그대가, 앉았다 떠나간

마음에 얼룩이

아직도

따뜻하다

# 서른

당신이 그리운 밤

둥글게 맺혔다 이내 사라지는
투명한
얼굴과 얼굴

직선과 직선이
바닥에 손가락을
내려놓는 그런
창밖을 지닌 방

당신이 그립고
까닭도 없이 당신을
사랑해서 서럽다

빗줄기가
인기척을 낸다

밤은 가고,
또다시 나를 기웃거리는 새벽은
마음에서 시작될 것이다

제2부

# 그래, 사랑이다

사람에게서 사람을 재발견하는
그런 일에
마음을
허비하는 것도

지쳐 바라본
하늘은 지겹도록 푸른데

계절은 하품 한 번 없이
내 머리 위를 처음인 것과 같이
돌고 또 돌아

또 다른 계절의 품에
스스로를
목숨을 걸며 내던진다

사랑이다

# 새들의 어깨

새들은 몸이 주소지다

하늘은 이제 더 고쳐 적을 게 없다는 듯
맑기만 한데
종이 몇 장에
얼기설기 적힌 내 지난날의 이력서는
여전히 성글기만 하고

그간 나를 품어 냈다가 떠난
눈 시리게 푸른 하늘, 그 청춘
저 나이테 볼 수 없게
메마른 나무는
한세상 저렇게 비정규직으로
계절의 신호등이 되어 근무했을까?
멈추어 선 것은 나뿐일까?

저절로 접히는 두 어깨

그래도
이제는 알겠다

&gt;
날아가는 새 떼 가운데
어깨를 웅크린 새가 없다는
사실을

더 나아가기 위해서 새들의 몸이
주소지가 된 까닭을

# 우린 모두 섬일 뿐

스스로
바다로 나가서, 섬이 되는
연습을 한다

파도가 나를 읽어 내려고
손을 가져다 대다가 지문이 닳는다

늘 상처는 마을의 초입에
가득하고, 속이 텅 빈 것들은
자신을 숨기는 것에 익숙하다

화살표가 된 새들
물에는 정해진 길이 없기에

새들은 둥지를 갖고 가지 않기에
버리지 않고 뒤돌지 않는다

하늘이 내려다보면
섬은 가만히 제자리의 별
주소지는 허구

\>
저마다
스스로 섬인지 모르는 이들 가득한
세상, 우린 모두
작은 섬에 핀 물음표일 뿐

숨소리 작은 것에
물기가 더 짙다

# 잊었던 성장통

키를 재는 기계
검은건반 하나

아들내미 머리 위를
툭, 무심히
한 음을 치고 지나간다

아들 녀석
한 키씩 목소리를 낮추며
더욱 자랄 텐데

내가 살아 낸 날들
치수를 가늠할 날이
머지않아 올 텐데

성장통이 밀려온다

# 멍을 품은 팥빵

어머니 하얀 팔뚝에
가느다란 녹색의
핏줄 따라

무수히 많은
멍이 활짝 피어 있다

비좁은 식당 안
뜨거운 김을 쬐며

무수히
제 안의 열기를
다스렸을 어머니

그 생각으로
한입에 다 먹을 수
없을 만큼

배부른 슬픔이
물 한 모금 없이
찾아온다

# 사라진 오징어

이제 동해에서도 오징어가
잘 잡히지 않는다

그물만 촘촘하면
배만 달처럼 밝으면,

손에 쉽게 잡히던
그 많던 오징어가
어디론가
사라졌다

살다 보니
사라지고 나서야

선명하게
남는 것이 많다

너의 이름이 그중 하나이다

먹물만 남아 맴돌듯

네가

사라진 자리

온통 어둠뿐이었다

# 마음의 일기예보


퇴근길
터벅거리는 내 발자국을
늘, 잘 접어서
다시 현관 앞에다
놓아 주는 당신

당신은
흐린 날이면
언제 그랬냐는 듯

날씨보다 먼저 소리 내
다시 화창하게
웃곤 했다

내 마음의 일기예보
당신

아이의 작은 기침에도 나란히
숨 멎은 듯
걱정으로

\>
온도계를 몇 번이고
가져다 댄 당신

당신이 있기에
내일이 오려나 보다

# 조용한 씨앗

살아 있는 개 한 마리

음식물 쓰레기통에서
발견됐다

쓰레기봉투를
주인집처럼 지키고 있던

그 개는
인기척이 들릴 때면

주인인 줄 알고
꼬리를 흔들며
달려갔다가

홀로 몇 번이고
되돌아오곤
했었을 것이다

증거처럼
꼬리만 너무 깨끗하다

# 찰과상

첫사랑이란
이 세 글자 말고

나를 제대로 진찰해 줄
말이 없을까

당신이 퍼붓고 간
그 길이

오래 부르터져 있을
이 상처가
꽤나 좋다

# 망치를 맞다


액자의 뒤편처럼
어둠이 짙게 서린 야시장에는
못과 같이,
억척스레 삶을 붙들고 사는 이들이
밤하늘, 별들의 묵고 시린 기침보다 가득하다
처자식만을 생각하며
지금까지 묵묵히 가정에 못 박혀 살아온
사내부터
허리가 한껏 휜 노인까지
주어진 한 줌의 삶을
소란스럽게 흔들며 일구는 사람들
그들이 쏟아 내는 힘겨운 한숨마다
오지 않은 미래를 보는 듯
삶의 탁한 기후와 온기가 끈끈하게 전해진다

그 모습을 보며,
이제껏 사소한 일에도 삐걱거리며
어긋나기만 했던
나를 가만히 망치 밑으로 들이밀어 본다
망치질 소리가 멈추지 않는다

# 유령 도서관

밤이 개관되면, 옥상 가득 펼쳐지는 별자리
우린 그 책을 빌린 적이 있다
연체된 줄도 모르고
서로 다른 꿈을
달의 담벼락에 빼곡히 적어 놓고,
밤새 여기저기 꽃가루를 묻히며,
새벽이 짓눌린 골목에서 공기처럼 뛰어놀았다
다른 이정표를 보며 걷다가,
학벌이 없다는 게,
뒤를 받쳐 주는 누군가가 없다는 것이,

말 못 할 아픔으로
퉁퉁 사랑니처럼 붓고 나서야
서울의 밤하늘에
밀서처럼 감춰진 별들을 꺼내어
읽어 볼 수 있었다

# 유머

대장암 4기라고 했다
그 말이 짙은 유머로 들려, 나도 모르게
웃음이 새어 나왔다

울어 내도 시원하지 못한데
울면, 정말 그 말이 사실인 것 같아

텅 빈 속이 되니, 더 크게 크게
웃음이 사방에 울려 퍼졌다

오늘 들은 이 유머를, 이제 난
어떻게 해야만 할까

몸의 흐린 날도, 한바탕 소란한 웃음과 같이 지나쳐
맑게 개면 좋겠단 생각에서

몇 걸음 걸어 나오니
집이다

오늘 들은 이 유머를, 어떻게 웃으면서

아무런 일도 아니라고
가족에게 전해야 하나

이 시끄러운 속을 아는지 모르는지
하늘 끝에도 물이 드는지
노을도 나처럼 끝물이 들어
자꾸만 눈이 부시네

# 어둠이란

어둠에 별이 놓인 까닭은
밤새 홀로 울어 보라는 게 아닌

어둠 가운데, 혼자일 때
그 어둠에서 스스로 빛나는 게
가장 소중한 때일 것이다

어둠의 시작도
내일의 아침도
모두 마음의 시작점에서

부풀어 오르는 굳은살과
같은 것이어서

깎아 내다 보면,
내면이 단단해져

스스로가
빛이 되고, 길이 되고,
처음의 걸음으로

쓰일 것이다

그래 늘 가장 반짝이는 것은

오늘의 고통이고,
오늘의 슬픔일 것이다

# 유실물 센터

내가 갖고 갈
당연한 이름인 줄
알았는데, 잃어 버렸다

어린 아이마냥
당신 이름 하나 흘린 채

어디로 갈지 몰라서
한참 방황을 했다

술잔에는 주소지 모를 바다만
가득했다

모든 아름다운 시절을
바닥에 두고 내린

철 지난
단풍나무처럼

눈시울만 한참 붉었다

# 밤하늘의 소란

끝이면서 시작인 우리의 사랑이
밤하늘에 가득하다

수많은 전구를 흔드는 저 바람의 속눈썹

우리의 풍경에는
온통 꽃이
너였고 나였으며
시간이
늘 막차를 타고서 왔다

우리의 사랑은
위대하기보단
위태로웠기에

서로를
더 사랑했다

# 감자

현관 앞에 둔
시골에서 보내온
감자 한 상자

집에 먹을 사람도 없는데
뭐 한다고
한 상자씩이나 무겁게 보냈냐는

이미 도려낼 수 없는 그 말
저 감자도 들었을까

벌써 귀 같은 싹이 올라왔다
독소가 있어
버려야 하는데

어머니가 흙 묻은
손등 미처 털지 못한 채
부랴부랴
내게 달려온 것만 같아

>
움푹 팬
물웅덩이 많은 감자
자꾸만 어머니가 보여

쉽사리 마음에 핀
감자꽃 하나
꺾지를 못했다

제3부

# 별들의 거처

빛나던 것들에게
언제부터 눈을 그려 주었던 것일까

밤 지새우며
돌이켜 보면
아무것도 아닌 것들에게

난 왜 그 무수한 거처를
내주며 살았을까

어둠에 놓여서야
손 뻗는 나는
그대의 하늘이고 싶다
그대의 거처가 되어 주고만 싶다

한 움큼도 안 되는 그 허무를
용서하고 싶다

내 빛나던 것들에게
반짝이는
눈물이 되어 주고만 싶다

# 꽃씨를 심다

실업수당 신청서에
내 이름 석 자 삐뚤빼뚤
마른 꽃씨 뿌린 채

물길 내며
집에 오던 길

임대 아파트
담벼락 틈 속 들꽃 하나

조금 무너진
돌 틈에서

눈길을 기다리는 거미라도 된 듯

삶의 향기 꽃잎 가득 움켜쥔 채
가느다란 숨을 뽑아내고 있다

살아 내는 것일까
사라지는 것일까

나는 언제부터
새들의 울음과 웃음을 구분 못 했나!

등 뒤, 여전히 향기 짙은 저 꽃
삶의 무거운 무게를 지고도 저 꽃,
덤덤하게
잇몸을 드러내고 웃고 있다

# 흉터

빗길에 넘어져
흉터가 얼굴에 생겼다

기존에도 작은 것이
있있는데,

그게 싫었는데
더 큰 게 생겨 버리니

예전 것은
눈에도 들어오지 않는다

자꾸만
눈초리를 줬던 것들
나를 떠난 것들

내가 떠나왔던 것들
상처라고 치부했던 일들

이제 보니,

더 큰 일 앞에 가려
아무것도 아니다

살아 내겠다 생각하니
살게 됐고
살게 되니깐
살 만해졌다

# 민들레 국수

주인이 국수 삶는 저녁이면,
각지에 흩어져 있던 허기진 사람들이
몸에 밴 바람의 흔적을 타고

세상의 현기증과
진흙 뭉개진 안전화 털어 내며,
가게 안으로 흘러 들어간다

노란 민들레 오롯이 핀
소박한 국수 한 그릇,
모락모락

서로의 메마른 입에서 입으로,
다시 잎에서 잎으로

다시 봄이 온 사람들
비틀비틀
허공에 발을
내딛는다

# 새장을 보다

핸드폰이 고장 났다
내게 송신된 것들이 새장을 열고
어디론가 금세 날아가
버릴 것만 같아 불안이
하루를 온통 갉아먹는다

나는 언제부터 이렇게
사람을 향한 짙은 것을
손금처럼 붙잡아
손에 두고 있었던 것일까

꼭 손에 쥔 채 어디서든
꼭 안을 들여다봐야만
편안해지던 환한 그 새장

수리 말고는 더는 소용이
없다는 것을 알면서도
계속 핸드폰을 들여다보고
또 만져 본다

# 등대

하늘도 때론 썰물이 들어온다

바닥을 드러낸 자리마다
별이 뜬다

바람이 가는 길을 표기한다

발음하면,
내 가장 어두운 곳부터
늘 살피던 그대의
음성 발자국

건너왔다가
사라졌다가

일평생 거미줄 같은

그물에 붙들려
그물 손질에 바빴던
눈이 침침하지만

>
나만 비추던
내 아름다운 등대

# 전어

가을이 구워지는
저 연탄불 위

제 속을 한 점씩
내어 주며
주린 배 잡던 전어

내가 철없이
젓가락처럼
온종일 제 속을 다 뒤적거리고
뼈마디가 상해도

말도 없이
바다의 입술처럼 미소 짓던
내 어머니

# 우리의 겨울은 늘 짧다

사는 게 지쳤을 때
한 친구가 심장마비로 죽었다
막노동을 뛰던 친구는
욕조에 물을 뜨겁게 받고
그 안에서
넘치는 피로를 이기지 못해
무거운 돌덩이가 됐다

자살일까? 타살일까?

궁금증이 눈처럼 불어났고
우린 겨울이 담긴
소주잔을 나눠 마셨다

입김 같은
생이 그렇게 지나가고
생이 또 얼룩졌다

그래서일까
우리의 겨울은 늘 짧다

# 종이접기

종이를 접던 아들이
별안간 소리를 내어 운다

저, 얇은 종이 한 장

순서대로 접는 것도
저처럼 벅찬 일인데
숨이 찬 일인데

내 손에 쥔 것 같던 아내
나란 두꺼운 종이
한 장 만나

여태껏
어떤 울고 싶은 마음을
접고 또 접어서
여태껏 함께 왔을까

손끝 닿는 곳마다
주름이 될 당신의 얼굴

\>
여전히
어떤 하루든
잘 접어 내는 당신

당신을 보면
그늘을 키우는 것도
사랑임을 알게 된다

# 목탁

뱃일을 나간 자식
꽃상여 되어
돌아온 날이면

그 부모는 목탁이 된다

손 방망이
연신 손에 쥔 채

탁 탁 탁
제 탓이라며
텅 빈 마음 두들기는
구슬픈 장단 소리

제 속에 크게
부는 바람

그 얼마나 깎아 내고
비워 내는 소리인지

\>

온 마을 전체가

조용하다

# 몽유도원도

1.

치자 꽃물 같은 황토물이 삽 끝으로 달달하게 물들어 갈 즈음이면 긴 하품처럼 늘어지는 전깃줄 오선지 삼아 음표가 되어 지저귀던 작은 새들이며, 물푸레나무 가지 끝에 앉아 가쁜 숨 골라내던 하늘 잠자리의 물집 같던 말랑한 눈알에도, 긴 단잠이 녹아들고, 삶의 해묵은 빗장 풀어헤치고 사람들도 잠이 드는데, 그럼 달도 스르륵 외눈을 떠, 그림자 같은 몽유도원도를 환하게 그린다

2.

빗금 창 넘어 적막하고 환한 달빛이 수척한 그녀 곁에 다가서며 한 무리 고요한 달무리로 그녀의 야윈 허리를 휘감고선, 흐릿한 밑그림부터 다져 가던 연둣빛의 몽유도원도 늘 환자복에 맨발이던 그녀가 자유롭게 허공마다 나지막한 숨 흩뿌리며 한가로이 그곳을 거닐 때면 난 한갓 풀벌레처럼 그녀 곁에 붙어 숨죽인 채 두 눈이 새벽보다 먼저 젖는다

# 우주로 가는 밤

달빛이 당신의 둥근 배 위를 스쳐
피아노를 치듯
내려가는 밤

듣는다

당신의 배 속 가득
교향곡 같은
내 아이의 발길질 소리를

눈부신 새벽처럼
동이 트는 눈빛을 본다

퇴근길
당신과 내가 한 이불을 덮고
자고 깨고

그 골목에
활짝 핀 아이

이제 가로등이 없어도 좋다

# 뒤늦은 받아쓰기

세상이 버린 것
수레 한 칸에 빼곡하게
받아 적는, 뒤늦은
받아쓰기

둥근 펜촉, 검은 눈동자
바퀴와 함께
굴려서

머리맡에 가로등 켠 채
노인은 언덕을
정독한다

마침표 같은
뜨거운 숨

끝인가 싶더니
다시 내리막길

언덕이

한사코 밀지 말래도

경사만큼 뒤따라와서

자꾸만 손을 보탠다

# 상처란 꽃

균열의 상처 틈, 꽃과 같이 웃을 일이 많아야
더욱 화사하듯
다시 솟아나는 반갑고 살가운 것들만
잘 챙겨 가며 살면 그뿐

다시 봄처럼 기지개 켤 하루, 하루가
눈이 부시게 설렌다고

쉼표와 밑줄이
빗줄기와 같이,
활짝 우산 편 내 마음에 한차례
퍼붓고 지나간다, 웃음이 난다

# 별

빛나는 순간은
저 멀리 거리를 두면서이다

별과 같이
우리는 서로가 별이 되기보단,

꽃이 되기보단
상처로 오랫동안 빛날 때가 있다

우린 그렇게 또 한 계절 거리로
쏟아져 내린

별과 꽃과 찰나로
잠시 머물다 간다

제4부

# 짙은 반성

아는 이름의 장례식처럼
나랑 거리가 먼 일인 줄
알았던 일이

순번이 되어
새삼 바코드 찍듯 선명하게
가까워질 때면

24시간 늘 환한 풍경과
이름인 줄 알았던 지난 일이
그 얼마나 찬란한 일이
되어 돌아오는지

겪어 본 이들은 안다

버려진 게
모두 유통기한이
지난 것은 아니다

# 찬란

연어는
바다에서 강으로
누군가 쏜 화살이다

활시위를 힘껏 당기는 일은
손 놓쳐 버린 일에
화살표처럼
다가서려는 연어 떼의
몸부림

세상에서
목숨을 내걸어도
아깝지
않는 일은

오직
찬란을 한때의 슬픔으로
업은 채
강을 거슬러 오르는
저 연어 떼의
산란뿐이다

# 물 위를 걷는 일

있는 힘껏
물 위로
돌을 던져 본 적이 있다

통, 통, 통
몇 걸음
물 위를 걷다가
금세 끝이 났다

청춘도
사는 일도

어쩜 깊은 강에서

끝끝내
다시 주워 올 수 없는
예쁜 돌 하나
던져 놓고

다시 되찾을 수
없는
물 위를 걷는 일

# 몸속의 기차

철새가 구름 플랫폼을 빠져나간다
오토바이 사고 후 무릎 아래에
빈틈없이 박힌 철심과 고정 핀

이런 내가 신기한지
꼬마가 내 곁으로 다가와

한참을 내 몸의 부속을 만지다가
간호사한테 혼이 난다

한바탕 소란이 지나고,
기차가 또 내 몸을 관통해 안으로 들어선다

요란히도 경적을 울리며 지나는 통증과
홀로 긴 터널 속을 지나며 하얗게 태운 밤들

휠체어 밑으로
아직 가 보지 못한 채 엉켜만 있던 많은 길과
말이 검은 잉크가 물에 녹듯
갈래갈래 숨바꼭질하듯 번져 나간다

# 자반고등어

아들 입에
일일이
생선 가시를 발라
먹이던 여자

만나는 사람마다
붙잡고
제 가슴에
소금 치고, 또 소금을 쳤던 말

아픈
내 아들보다
딱 하루만 더 살다 가고 싶다

그 아들만 떠올리면
등이 푸른
여자

# 빈 껍질


혈관이 다 터진 아내

몇 번이고, 발버둥 치다
이내
살 구워진 도자기같이
다시 조용하다

그렇게
스스로를
몇 번씩이나 깨트리고 깨트려
아이를 낳는다

열 달간
작은 옹이 하나 구워 내던
아내가
젖을 물린다

굽은 바다가 흘러
다시
굽은 강과 만나

\>
세상의 모든 첫울음과
얼굴을 맞대는 이 순간

나 가만히 세상의
접시 위에
빈 껍질을 벗어 둔다

# 별을 부축하다


한 번만 더 신고 버려야겠다

마지막 인심을 쓰며 찾아간
수유동의 한 구둣방

한 평 남짓한 공간이
우주처럼 반짝반짝 온통 별천지다

구두 수선공은
볼품없는 내 구두를

몇 번이고 부축하며 물을 먹이고
쓰러진 별을 부축한다

그의 한쪽 손이
구두 속 짙은
밤하늘을 뒤척일 때,

다른 한 손은
자꾸만 그늘을 덧대며

더 어두워진다

구두코가 다시 어둠을 만나
빛이 난다

# 선택

살다 보면 선택할 수 없는
것들이 가끔
마음 위에 놓여 있을 때가 있다

그럴 때는 한 잎의 꽃과 같이
가만히 바닥에 내려놓는 것이
필요하다

너무 활짝
걱정을 꽃 피울 것도 없이
너무 앞서서 봄보다 먼저
피워 낼 것도 없이

가만히
물길이 가는 것같이
몇 차례, 비탈진 마음에서도
꽃을 가꾸는 일

마음에, 걱정의 상여 하나
담담히 떠나보내고

>
별과 같이 바라보는 일
저 멀리 거리 둔 채 바라볼 때
별은 더 아름답다

# 꽃게의 문장

시간에 맞추어
문장을 꽃 피울 수 있는 건
오직, 꽃게뿐이다

만조 때마다
더 낮게 바다 끝의 페이지를
짚으며
낮게 엎드린 문장

탈피는
퇴고처럼 성숙하는 단어의
열꽃이 밤새 피고 진, 흔적

그물 한 칸에
너무 일찍 서둘러 꽃이 되려는
어린 게는 어부가 교정하듯
골라낸다

완벽한 톱니 문장을
등에 우표처럼 짊어진 꽃게

\>

봉인된 봉투를 뜯고

사람들의 입 속에서 절단된

한 음절 한 음절이 되어 읽힌다

# 나무 터미널

봄이란, 계절이 나뭇잎마다
가득한 순간

우린 눈을 꽃처럼 마주치며
굳이 이름이 필요 없다고
말한다

눈물에게
굳이 왜 바닥을 향해
흘러가느냐고
되묻지 않는 것처럼

우린, 서로의 가슴을 뜨겁게
맞댄 채
모두 일제히 쏟아지는
빈 허공에 명중된 시간을 보며
무기력해진다

그저 눈이 먼 채
손가락이 모두 잘린 채

>
씨앗이 입 다문 듯,
나이가 든다

나뭇잎이 모두 떠난
가지와 가지 사이
빈 정적만이 감돈다

# 대동여지도

산 하나 넘으면,
산이 또다시
태연하게 내
앞에 눕는다

산은 넘는 것이 아니다

가파른 듯
완만한 듯
이내 곁에 와 잠에 들듯

지나쳐 간 것에 물들어 가는
내 몸의 굽이진 등고선

새들의 발자국
소인 찍힌 나뭇잎

이제,
더는 묻지 않으련다

>
산이 어떻게 살아왔는지
왜 거기
잠들어 있다가 산이 됐는지

더는 묻지 않으련다

# 누구나 노을이 있다

누구나 노을이 있다

하늘의 책장
그 노을을 꺼내어 읽는 습관이
니에게는 있다

순간과 순간이 길게
목숨과 이어지는 그 노을

새들에게 보여 주고 싶고
하늘에게 안겨 보고 싶은

그 노을로 가는 길

나이가 들어 가는 게
아니라,

비좁은 골목에서
더 넓은 골목으로 가는 길목

>
그런
노을이 핀 시계가
걸린 방이 있다

# 첫사랑

그대가 자꾸만 문장이 되어
짙은 잉크로 쏟아져 나왔다

나의 모든 것이 되었다

마음의 잉크가 수천 갈래 뿌리 뻗은
길 위
한 방울의 내가 있다

늘 배경부터 그리고
사람을 그리다가

사람을 그리고
배경을 처음으로 그려 봤다

눈물점마다
둥글게 미끄러진다

그대가 내게 맺힌 그때부터
나는 사라졌고

\>

통증이 핀 자리마다
모두 꽃이 되었고
끝끝내 사랑인 줄 몰랐다

# 나의 라디오

다른 라디오를 품고 살았다

FM만 고집하는 아버지
내가 스무 살이 된 날부터
나는 아버지로부터
주파수가 달라졌다

그래도, 지지직
잡음이 무성한 날이면

내게 다가와
다시 주파수를
고르게 맞추어 주던,
플라타너스 잎사귀 같은
아버지의 손

때론, 당신이 세상에서
멀어진 소리 같아
일부러 큰소리를 칠 때가
많았다

\>

이제 보청기 없이
작은 소리도
잡아 내지 못하는

다른 계절 속으로
가만히
접어드는
나의 라디오

# 별이 되어

살아가는 건 결국
결국 별이 되어 별을 만들고
또 한숨의 재떨이에
몇 번의 재를 훌훌 털어 버리는 일이
아닐까

나도 낡아 간다 아니 낡아 있다

퇴색이란
쌀알을 씻고서 버린 물처럼
식어 버린
밥 한 그릇

빈 잔의 겸허와
시간이 멈춘 옛사랑에서
난 또다시
찌를 문다

입술이 지문을 찍던 날

&gt;

날개 부러진 새 두 마리

침대 위에 누워

몇 번이고 서로에게

날아가려

그렇게 오래 사랑했나 보다

# 이력서

집 떠나올 때,
저마다 숲속에서 채집해 온
나비들은
모두 누가 날려 보낸 걸까

우리는 기댈 수 있는
여유만 있다면

젊음이란, 보증금 전부를 내걸고
벽이란 꽃밭에서
이름 없는 무늬로 피어난다

유서보다 이력서를
잘 써내야만 하는 청춘들,

우리의 하늘은 매번 한 마리 학이 세 든
동전 속보다도 비좁아,
시한부여도 좋을 그 연착된 봄날만을
애타게 기다린다

# 별의 거처

방승호(문학평론가)

　문학은 삶을 다룬다. 조금 덧붙이자면 문학은 삶의 지층에 있는 시간의 흔적을 이야기한다. 역사라는 이름으로 쓰인 커다란 사건 판단보다 그 강력한 서사의 뼈대에서 벗어나 있는 작은 이야기를 언어화하는 예술. 이것이 흔히 우리가 말하는 문학이다. 작가가 기록한 언어에 역사 기록이 담을 수 없는 여분의 감정이 녹아 있는 것도 이러한 이유 때문이다. 문학은 신화적 세계관이 포괄할 수 없는 영역을 비추므로, 이 안에는 역사 주체가 쉽게 포착하기 힘든 삶의 다양한 표정이 새겨져 있다. 현실의 미세한 균열에서 파생되는 삶의 퇴적물, 다시 말해 기록되지 않은 마음의 에너지가 문학 내부에 숨 쉬고 있다.

　롤랑 바르트는 삶의 여정에서 가장 강도가 높은 것은 현재

라고 말한다. 바르트는 이미 지나간 것이 아닌 지금 여기에서 일어나는 이야기가 중요하다고 말하는 셈이다. 이러한 맥락에서 현재를 메모하면 소설을 쓸 수 있다는 그의 말은 거짓이 아니다. 그런데 때로 어떠한 사건은 시간이 지날수록 우리에게 더 의미 있게 다가오기도 한다. 그때는 잘 몰랐지만, 시간이 지나고서야 뚜렷한 이미지로 남겨지는 것들. 지나간 일상 속 이야기지만 이제야 이해되는 감정들. 이러한 표정들은 불현듯 우리의 사유를 뚫고 나와, 우리가 과거를 딛고 앞으로 나아갈 수 있는 삶의 역량을 이루고는 한다.

## 물 이미지

밤새 헛기침하는 저 구두
신발장에서 꺼내 한 손에 낀 채 닦아 내다가
밑창에
작게 뚫린 고래의 숨구멍을 보았다

비가 올 때마다
얼마나 많은 가느다란 물줄기가
컴컴한 동굴 같은
저 안에서 솟구치고 솟구쳤을까

내 마음이 내딛는 자리마다

생겨나는 커다란 물웅덩이에

빠진다

—「벗어 둔 고래」 부분

시인이 언어에 새로운 의미를 새기면 언어는 포개진 의미만큼 더 많은 기표의 사슬을 얻는다. 우리가 읽고 있는 시가 여러 각도로 해석될 수 있는 이유, 그리고 시인의 언어가 하나의 의미로 수렴할 수 없는 이유 모두 이러한 까닭에서다. 최영정 시인은 이미지를 활용하여 언어적 질서에 균열을 내는 사람이다. 시인은 일상의 단면에 내재한 삶의 흔적을 포착하고, 그곳에 은폐된 슬픔의 여분을 감각의 층위로 끌어올린다. "밤새 헛기침하는 저 구두"라는 표현은 이러한 시인의 역량을 알 수 있는 단적인 사례다. 이러한 표현은 감각에서 다른 감각으로 전이를 일으키며 아버지의 구두 아래 "작게 뚫린 고래의 숨구멍"으로 우리의 시선을 집중시킨다.

시인은 이미지의 연쇄를 활용하여 언어의 의미를 환유적으로 확장하는 일에 능숙하다. 그는 대상을 낯설게 하는 방식으로 고정된 관념에 균열을 내는가 하면, 연상되는 이미지를 이어 가며 감각의 연쇄를 일으키기도 한다. 이는 "고래의 숨구멍"이라는 표현에서 "비" "물줄기" "솟구"침의 역동적 이미지로 이어지는 부분에서 드러난다. 인접과 유사의 원리에 의해 연쇄되는 시인의 언어는 "커다란 물웅덩이"까지 그 흐름을 이어 간다. 시인은 사물의 본질을 지향하기 위해 환유를 쓰지 않는다. 그의 환유는 대상에게 부여된 이미지에 차

이를 일으키며 유동하는 자유의 형식이다.

　　정년 퇴임 후 아버지가 가지런히 벗어 둔
　　저 구두는
　　숨 쉬러 물 밖으로 가끔 뜬소문처럼 올라온다는
　　고래들처럼
　　요즘엔
　　경조사 빼곤 좀처럼 밖을 나서는 법이 없다.

　　다시 마른
　　헝겊만으로 구두를 닦고 또 문지르는데도
　　무슨 일인지
　　자꾸만 눈부신 물광이
　　구두에서 난다
　　　　　　　　　　　　　　—「벗어 둔 고래」 부분

　환유와 함께 감각은 화자의 내면을 움직이는 심리적 에너
지가 된다. 이는 아버지의 구두가 "고래"로 대체되는 것에 그
치지 않고, 언어적 흐름을 타고 "눈부신 물광"으로 연결되는
과정에서 드러난다. (구두를 닦을수록 빛이 나는 현상은 그
것을 바라보는 화자의 눈물 때문이거나, 혹은 아버지가 구두
를 신으며 그간 흘렸던 눈물 때문일 것이다.) 이 과정에서 외
부의 감각을 형상화했던 시인의 언어는 음성학적 연상 작용
을 거쳐 슬픔의 정서와 감응된다. "눈"이 부신 "물"광이란 표

현이 '눈물'의 이미지로 이어지며, 감각의 틀에서 벗어나 정서적 차원을 함의하는 새로운 의미로 다시 쓰인다. 그렇다면 이렇게 감각에 감정을 포개고 미적인 것에 윤리적 슬픔을 채우는 힘은 어디에서 나오는 것일까.

어떤 이미지가 주체의 사유를 지배하는 까닭은 그 이미지와 관련한 특정한 현상이 시인에게 각인되었기 때문이다. 그런데 사유는 반복되는 자극만으로 형성되지 않는다. 이는 직관적으로 포착되는 감각적 소여를 주체의 지적 도식으로 통합함으로써 이뤄진다. 지성과 감성, 주체와 타자 사이에서 떠도는 이미지를 통합하는 내면의 힘. 이를 칸트의 언어를 빌려 말하자면 '상상력'이라는 개념으로 풀이되는, 감성적 공동체를 이뤄 낼 수 있는 공감 역량이다. 칸트에게 상상력은 특정한 현상을 마음속으로 그려 보는 힘에 머물지 않고 분열된 것을 통합할 수 있는 연대 가능성을 뜻한다. 상상력은 주체의 직관과 오성에서 시작되어 타자의 슬픔을 자신의 슬픔으로 내면화하는 정동(affect)으로 발전한다.

　　내가 바닥일 때
　　내 옆에 함께 누워
　　많은 계절의 대지가 되어 준
　　그대란 이름

　　내가 호명하지 못한
　　사람들의 이름이

자꾸만 벚꽃이 되어 흩날리는

눈 부신 밤


봄비 툭 하고

우산 위로 터지는

그 잔잔하게

적시는 두근거림


짧은

그 울음

—「봄비」 전문


시인의 상상력은 이미지를 감각적인 것으로 한정하지 않는다. 시인은 일상 속 이미지를 전경화하여 감각을 극대화하고, 감각의 내관으로부터 감성적 잔여를 추출한다. 마치 비가 떨어지는 움직임과 소리에서 타자의 슬픔을 느끼게 되듯이, 이미지는 감각에서 감정으로 연쇄되면서 독자의 내면에 미묘한 정서적 움직임을 일으킨다. 감각의 역동과 감정의 미묘한 떨림을 이어 놓는 시인의 상상은 기어코 타자의 슬픔을 느낄 수 있는 소중한 공간을 우리에게 마련한다. 곁에 있는 존재를 호명할 수 있는 시간이 함께 열린다.

호명한다는 것은 김춘수의 말처럼 누군가에게 특별한 존재가 됨을 의미한다. 그러나 시인은 호명되지 못함으로 오히려 "벚꽃이 되어 흩날리"며 세계를 "눈 부시"게 하는 존재들

의 가치를 말한다. 이러한 흩날림은 "눈 부신 밤" 이미지로
이어지고, 눈을 부시게 하는 존재의 역동은 봄의 계절과 어
우러져 "우산 위로 터지는" 비의 은유로 연결된다. 이러한 이
미지의 변모와 연쇄는 감각적 전이에 머물지 않고 호명되지
못한 존재들의 목소리("울음")를 함께 듣는 시간을 마련한다는
점에서 유의미하다. "눈발이 거세지는 서로의 눈을 닦아 주
거나/ 촛불이 되어 대신 울어 주"(「대설특보」)는 연대의 가능성.
이것은 타자에 대한 연민과 슬픔으로 이뤄지는 삶의 윤리로
서 우리를 살게 한다.


## 우리의 윤리

그러나 우리는 윤리에 대해 종종 오해한다. 윤리는 공동
체를 향해 나아가야만 하는 것이라고, 윤리는 공존과 연대를
만들어 새로운 세상을 여는 힘이라고 생각하고는 한다. 그런
데 사실 윤리는 사회를 향한 커다란 연대를 말하는 것이 아니
다. 윤리는 연대 이전에 전제되어야 하는 개인적 삶의 양식
에 더 가깝다. 있었던 것을 다시 바라보는 마음. 다시 말해
나를 둘러싸고 있는 질서와 마주하려는 사유 양식이 바로 윤
리의 첫걸음이다. 이처럼 윤리가 선험적으로 부여된 질서를
의심하는 마음이라면 우리는 무엇부터 의심해야 할까. 어쩌
면 우리가 먹고 있는 밥이, 우리가 읽고 있는 이 시집이, 혹
은 우리가 살아가는 삶이 당연한 것처럼 보이는 그 시각부터

의심해야 할지도 모른다. 부여된 것은 잠시 우리를 편안하게 하지만, 주어진 편안함은 역설적으로 우리를 질서 속에 포획한다. 마치 대상에게 부여된 이름이 그 사물의 역량을 살해하고 그 가능성을 한정하는 것처럼 말이다. 따라서 우리는 늘 자신에게 주어진 삶의 모습들을 다시 바라보는 연습을 해야 한다. 부족하지만 스스로 질서와 마주하는 연습. 상처를 되새기는 연습. 여기서 윤리는 시작된다.

> 스스로
> 바다로 나가서, 섬이 되는
> 연습을 한다
>
> 파도가 나를 읽어 내려고
> 손을 가져다 대다가 지문이 닳는다
>
> 늘 상처는 마을의 초입에
> 가득하고, 속이 텅 빈 것들은
> 자신을 숨기는 것에 익숙하다
> ──「우린 모두 섬일 뿐」 부분

 시인은 섬이 되는 연습을 한다. 연습하면 할수록 자신과 부딪혀 없어진 파도의 지문만큼 상처가 섬의 표면에 쌓인다. 섬과 파도로 비유되는 이러한 현실의 이치는, 시간이 흐를수록 현실의 질서 속에 상처받고 소모되는 존재의 공허를 느끼게

한다. 살아가는 만큼 닳아지는 것. 그리고 소모된 만큼 살아지는 일. 이것이 지금까지 시인이 연습해 온 삶의 모습일 터이다. "살아가는 건 결국/ 결국 별이 되어 별을 만들고/ 또 한 숨의 재떨이에/ 몇 번의 재를 훌훌 털어 버리는 일이/ 아닐까"(『별이 되어』)라고 말하는 시인의 고백은 거짓이 아니다.

그런데 파도가 잔잔해진 밤이 되면 섬은 비로소 내면에 은폐되었던 본연의 모습을 드러낸다. 그곳에 남은 것이 "억지로 삼켜/ 배고픔을 잊었던 나날"(『우린, 모두 거미들』)과 "이름 없는 무늬로 피어난"(『이력서』) 아픔의 기록일지라도, 새겨진 상처만큼 "바닥을 드러낸 자리마다/ 별이 뜬다"(『등대』). "자신을 숨기는 것에 익숙"해져 미처 잊고 지내던 마음의 지층은, 어둠 속에서 자신의 모습을 스스로 밝힌다. 섬이 되는 연습이란 사실 이런 것이다. 상처가 아물면서 다시 돋아나는 새살의 움직임과 함께 다시 파도 앞에서 마주 서는 것. 이것은 질서를 의심하는 '부딪침'의 방식으로 연습을 의미한다. 이러한 행위는 자신을 객관화하는 주체성을 획득하여 질서에 대응하는 방식으로, 푸코에게는 도덕(moral)과 구별되는 성찰 양식으로서 '윤리'를 가리킨다. 이것은 막연히 외부로 나아가는 공동체적 준칙이 아닌 자신의 삶을 되돌아보는 일로 시작되는 열정의 다른 이름이다.

끝이면서 시작인 우리의 사랑이
밤하늘에 가득하다

수많은 전구를 흔드는 저 바람의 속눈썹

우리의 풍경에는
온통 꽃이
너였고 나였으며
시간이
늘 막차를 타고서 왔다

우리의 사랑은
위대하기보단
위태로웠기에

서로를
더 사랑했다

—「밤하늘의 소란」 부분

시인은 우리의 사랑이 끝이면서 시작이라고 말한다. 그러면서 우리는 위태롭기에 더 사랑할 수 있다고 말한다. 윤리는 이처럼 위태로운 것이다. 윤리는 삶의 처음부터 마지막 순간까지 질서와 마주하려는 용기다. 이러한 마음은 우리를 수동적 객체에서 능동적 주체로 다시 서게 하며 위태로움을 딛고 질서에 기어코 균열을 내는 힘이 된다. 외부의 힘에 의존하지 않겠다는 삶의 방식으로서의 윤리. 이러한 마음이 있어서 너와 나는 기어코 우리라는 기표를 마음에 새길 수 있다.

물론 우리 곁에는 늘 어긋남이 함께한다. "내가 웃고 웃던 모든 목소리가/ 당신인 게 참/ 예쁘다 여길 때"(「사는 게 온통 소나기일 때」)도 있지만, 때로는 "당신이 퍼붓고 간/ 그 길"이 "오래 부르터져 있을/ 이 상처"(「찰과상」)가 되고는 한다. 기표와 기표가 만나면 더 많은 의미론적 미끄러짐이 일어나듯이, 너와 내가 만나면 혼자일 때보다 더 많은 아픔이 우리 앞을 가로막기 때문이다. 그러나 시인은 우리를 말하는 일을 포기하지 않는다. 시인은 "균열의 상처 틈, 꽃과 같이 웃을 일이 많아야/ 더욱 화사하듯"(「상처란 꽃」)이, "위대하기보단/ 위태로웠기에// 서로를/ 더 사랑하"는 마음이 필요하다고 말한다. 그렇게 "난 여기에 없고/ 넌 여기에 없는데/ 우리가 있어"(「웃는 얼굴」), "통증이 핀 자리마다/ 모두 꽃이 되었"(「첫사랑」)다고 고백한다.


## 별의 서정

이번 시집에서 물이 존재의 슬픔을 표상한다면, 섬은 그러한 슬픔이 쌓여 만들어진 우리의 삶을 뜻한다. 그렇다면 별은 무엇을 의미하는 것일까. 별은 섬의 시각에서 인식할 수 없는, 다른 각도에서 바라본 우리 삶의 모습을 의미한다. 이를 위해「우린 모두 섬일 뿐」을 다시 읽으면 이러한 구절이 눈에 들어온다.

하늘이 내려다보면

섬은 가만히 제자리의 별

주소지는 허구

—「우린 모두 섬일 뿐」 부분


별은 혼자서 결코 별이 될 수 없다. 별은 다른 존재가 자신을 바라봐 줄 때 존재 의미를 비추게 된다. 섬이 혼자서 결코 빛을 발할 수 없는 것도 이러한 이유에서다. 섬은 다른 섬에서 자신을 바라볼 때 작은 빛의 형식으로 다시 태어난다. 물론 섬이 빛나는 것은 하나의 허구처럼 들릴 수 있다. 그러나 허구는 때로 삶을 일으키는 하나의 본질이 되기도 한다. 마치 허구 양식으로서 문학이 오히려 세계에 은폐된 존재를 비추는 빛이 되듯이 말이다. 그러므로 시인이 말하는 윤리는 '우리'를 말하는 것이면서, 우리를 움직이게 하는 문학 그 자체를 의미하는 말이 된다. 최영정 시가 비추는 부분은 바로 이 지점이다. 시인의 언어는 너와 나를 둘러싸고 있는 감각과 감각 사이를 움직이며 질서에 은폐된 삶의 가치를 형상화한다. 그의 시는 상징계에 귀속되기를 거부하는 존재의 언어이면서, 감각적 연쇄와 변이로 질서에 미묘한 떨림을 일으키는 내면의 윤리다.

「어둠이란」에서 시인은 별이 반짝이는 이유에 대해 말한다. 표면적으로 이 시는 어둠이 있으므로 빛이 반짝일 수 있다는 다소 진부한 이야기를 하는 듯해 보인다. 하지만 시인이 말하는 진실은 여기서 한 걸음 더 나아간다. 시인은 별이 빛나기 위해 전제되는 슬픔 이전의 것을 이야기한다. 이것은 슬픔을 마주할 수 있는 내면의 단단함을 가리키는 것으로, "부풀어 오르는 굳은살과/ 같은 것"을 스스로 "깎아 내"는 성찰에서 비롯되는 존재의 역량을 의미한다. 시인은 홀로 빛을 내기를 연습한다. 홀로 빛나지 못하는 행성들은 늘 태양의 힘을 빌려야만 자신의 존재를 나타내지만, 더 아득한 곳의 별들은 기어코 스스로 힘을 융합하여 홀로 빛을 발휘한다. 시인이 연습하는 단단한 마음이란 이런 것이다. "스스로가/ 빛이 되고, 길이 되고, / 처음의 걸음"이 될 수 있는 마음. 그리고 서로가 별이 되도록 "그대의 거처가 되어 주고만 싶"(「별들의 거처」)은 마음. 멀리서 별이 빛나기 시작한다.

　　빛나는 순간은
　　저 멀리 거리를 두면서이다

　　별과 같이
　　우리는 서로가 별이 되기보단,

　　꽃이 되기보단
　　상처로 오랫동안 빛날 때가 있다

　　우린 그렇게 또 한 계절 거리로
　　쏟아져 내린

별과 꽃과 찰나로

잠시 머물다 간다

—「별」 전문

별이 "빛나는 순간은/ 저 멀리 거리를 두면서이다". 시인
의 말처럼 별은 거리를 둘 때 빛이 난다. 그런데 여기서 거리
는 공간적인 차원만을 의미하지는 않는다. 시인은 우리가 지
나온 시간의 거리를 함께 이야기한다. "꽃이 되기보단/ 상처
로 오랫동안 빛날 때가 있"듯이 "그렇게 또 한 계절 거리로/
쏟아져 내린" 일들. "퇴근 길/ 당신과 내가 한 이불을 덮고"
(『우주로 가는 밤』) 있던 밤. "아픈/ 내 아들보다/ 딱 하루만 더
살다 가고 싶다"(『자반고등어』)던 어머니의 목소리. 이 모든 이
미지가 시인이 형상화하는 별의 서정이다. 이러한 서정은 역
사적 주체의 서사에서 벗어난 것이지만, 자신이 지나온 삶을
다시 바라보는 윤리적 상상력과 결합하여 시간의 틈을 열고
상징계에 떨림을 일으킨다.

최영정은 해체라는 가면을 쓰고 언어 형식에 의도적으로
균열을 내는 경향을 따르지 않는다. 그보다 시인은 거짓된 의
도와 목적을 타파하는 방식으로서 서정을 이야기한다. 그의
서정은 삶의 지층에 내재한 과거의 흔적을 찾음으로써, 은폐
된 타자에게 잠재한 정서적 역량을 증대하는 방식을 취한다.
서정은 그의 시에서 이미지의 전이와 연쇄로 파생되는 것이
면서, 선험적으로 주어진 질서에 틈을 열고 은밀하게 미래로
나아가게 하는 힘이다. 지금 우리가 희박하게 여겨지는 삶의

단면을 말하고 있다면 시인은 그 희박하게만 느껴지는 삶의 지층에 또다시 희박한 희망을 걸어 두고자 한다. 이번 시집에서 말하는 문학의 본질은 이것 아닐까. "바닥을 드러낸 자리마다/ 별이 뜨"는 문학의 힘. 이러한 서정이 있어 우리는 '수라修羅'와 같은 현실에서도 희박한 희망을 다시 걸어 볼 수 있다. 그래, 우린 모두 거미다. 아니, 우린 서로 별의 거처다.